J'ignore si l'Exemplaire est Complet, mais il ne contient ni distinctement ni les gravures de l'Édition de 1655 ni celle de l'Édition de 1656 ... 1ère Édition ...

u 136

LA VILLE
DE
PARIS
EN VERS BVRLESQVES.

1. Contenant toutes les Galanteries du Palais.
2. La Chicane des Plaideurs.
3. L'Eloquence des Harangeres de la Halle.
4. L'adreſſe des Seruantes qui ferrent la Mulle.
5. L'Inuentaire de la Friperie.
6. Le haut Stille des Secretaires de S. Innocent.

Et pluſieurs autres choſes de cette nature.

Par le Sieur BERTHOD.

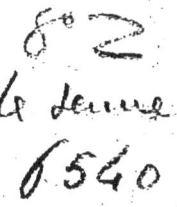

A PARIS,

Chez la veſue GVILLAVME LOYSON, au Palais, en la gallerie
des Priſonniers, au nom de IESVS.

ET

IEAN-BAPTISTE LOYSON, au Palais, ſur le Perron Royal,
prés la porte de la grande Salle, à la Croix d'Or.

M. DC. LII.

Auec Priuilege du Roy.

PARIS
BVRLESQVE.

PARBLEV *Paris fus-je pendu,*
  Quand on me l'auroit defendu,
  Ie veux, deuſſay-je vous déplaire,
  Décharger ſur vous ma colere.
    Commençons donc Monſieur Paris;
  Quoy que vous emportiez le prix
  Sur toutes les Villes du monde,
  Ma foy ie veux que l'on me tonde,
  Que l'on me berne, & qu'en vn mot
  Que l'on me tienne pour vn ſot,
  Si iamais plus chez vous ie rentre;
  Et ie veux bien qu'vn mal de ventre

                                          A

PARIS BVRLESQVE.

Me fasse courir quinze iours,
Que ie sois velu comme vn Ours,
Que les escroüelles & la galle
Fassent ma peau comme vne malle,
Ou comme le cuir d'vn bahu,
Que ie montre toûjours le cu,
Et que malgré le vent de bise
Ie marche toûjours sans chemise,
Que ie deuienne aussi teigneux
Que le plus miserable gueux,
Que i'aye la teste pelée,
Que i'aye la barbe gelée,
Et qu'enfin tous les plus grands maux
Penetrent iusques dans mes os,
Si iamaü plus ie vous aborde.

   Sois-je pendu cent fois sans corde
Si iamais plus ie vay chez vous,
Maistresse Ville des Filoux,
Et si ie me mets plus en peine
D'aller voir la Samaritaine,
Le Pont-neuf, & ce grand Cheual
De bronze, qui ne fait nul mal,
Toûjours bien net sans qu'on l'étrille,
(Dieu me damne s'il n'est bon drille)

Touchez le tant qu'il vous plaira,
Car iamais il ne vous mordra,
Iamais ce cheual de parade,
N'a fait morsure n'y ruade.
 Vous , rendez-vous de charlatans ,
De filoux, de passe-volans,
Pont-neuf ordinaire theatre
De vendeurs d'vnguent & d'emplastre,
Séjour des arracheurs de dens ,
De frippiers, Libraires pedans ,
De chanteurs de chansons nouuelles,
D'entremeteurs de Demoiselles,
De couppe bources, d'Argotiers,
De maistres de salles mestiers ,
D'Operateurs & de chimiques ,
Et de Medecins spagiriques ,
De fins joüeurs de gobelets
De ceux qui rendent des poulets.
 I'ay Monsieu de fort bon remede
Vous dit l'vn, iamais Dieu ne m'ayde
Pour ce mal-là que vous sçauez ,
Croyez moy Monsieu vous pouuez
vous en seruir sans tenir chambre,
Voyez il sent le muscq & l'ambre,

C'eſt du mercure preparé,
Et iamais Ambroiſe paré
Ne bailla remede ſemblable.
    Cette chanſon eſt agreable
Dit l'autre Monſeu pour vn ſou,
La hé mon manteau, ha filou,
Au voleur, au tireur de laine,
Hé! mon Dieu la Samaritaine
Voyez comme elle verſe l'eau,
Hé! que c'eſt orologe eſt beau,
Eſcoute eſcoute comme il ſonne,
Dirois-tu pas qu'on carillonne,
Regarde vn peu ce jacquemard,
Teſte bleu, qu'il fait le monard,
Tien tien ma foy, haga regarde,
Il eſt fait comme la Guimbarde,
Pardy c'eſt pour eſtre eſtonnez,
Il frappe l'heure auec le neż.
    Voyons ces tireurs à la blanque
Qui pour ornement de leurs banque
Ont quatre ou cinq gros marmouſſets
Plantez deſſus des tourniquets,
Tenans en main vne eſcritoire
Faite de bois, d'os, ou d'yuoire,

Vn peigne de plomb, vn miroir,
Garny de papier iaune & noir,
Des chauſſe-pieds, des éguillettes,
Des coûteaux ployans, des lunettes,
Un Eſtuy de peigne, vn Cadran
Barboüillez auec du ſaffran,
De vieilles heures Noſtre Dame
A l'vſage d'homme & de femme.
Moitié François, moitié Latin,
De vielles Roſes de ſatin,
Vn fuſil garny d'alumettes,
Deux ou trois vielles ſauonnettes,
Vne tabaquiere de bois,
Vne viſſe à caſſer des nois,
Vn petit marmouſet d'albatre,
Des gans blanchis auec du platre,
Vn méchant chapeau de caſtor,
Garny d'vn cordon de faux or,
Vne flutte, vn tambour de Baſque,
Un vieux manchon, vn meſchãt maſque.
C'a Meſſieurs, mettez au hazard,
On tire deux fois pour vn liard,
(Dit ce coquin dans ſa boutique,
Veſtu d'vn habit à l'antique,

Qui peſte contre les paſſans
De ce qu'il n'a point de marchans,)
Pour vn ſou vous aurez ſix balles,
Dit ce marchand détuis de balles;
A moy Monſeu qui veut tirer
Auant que de me retirer.
Ca chalans hazard à la blanque
De trois coups perſonne ne manque.
   Pardy voicy quelque nigaut
C'eſt vn Gaſcon ou peu s'en faut,
Abordons le , Monſieur ie penſe,
Eſtre de voſtre connoiſſance,
Ie croy vous auoir veu à Mets.
Pourroit bien eſtre Monſu mais,
Qui eſtes bous ne bous deplaiſe?
Monſieur on me nomme ſaint Blaiſe,
Demurez par la bertu bieu ,
Ie bous ay beu en quauque lieu ;
Diou me dane c'eſt en Olande ,
A Bolduc ou bien dans Oſtande ,
Dans Oſtande pardonnez moy,
Attendais i'y ſuis par ma foy,
C'eſt put-eſtre en la Catalogne ,
Non non Monſieur c'eſt en Gaſcongne,

Parbioubous dittes bray i'en fuis,
Mais où eft-ce que ie bous bis ,
Je ne fçay pas, mais il me femble
D'auoir fait vn voyage enfemble ;
Cap de bious fans tant vadiner
Iou men bau vien lou debiner ,
Il faut que ce foit à Mirande ,
Sain Macary où vien Marmande.
Sur mon ame ie n'en fçay rien ,
Mais pourtant il me femble bien
Que ie connois voftre vifage ;
Venez, parlons en danantage ,
Faifons vn tour nous cauferont :
On pourroit vous faire vn affront.
Vous vous pourriez trouuer en peine,
Où logez-vous, que ie vous menne
Chez vous, Monfieur que penfez vous
Ce pont eft farcy de filous,
On le dit; mais i'attends mon frere
Il eft allé chez fon beau-pere,
C'eft bien fait , mais en attendant ,
Garre la bource ce pendant ,
Ma bourfe mordy malle-pefte
Peu cap de bious ie bous protefte,

Haga hée que dit ce badaut,
C'est bous qui estes le nigaut
Rendes moy ou ie bous assomme
Mais bous n'estes pas Gentil-homme
Ie ne me bat pas contre bous.

    Ce passe-tems n'est-il pas dous
Frottez vous y, mais vous riuiere
Où l'on voit mainte lauandiere
Noyez moy si vous m'y trouuez;
Vous Sene l'egout des priuez
D'vne si grande & salle ville;
Passons maintenant dedans l'isle,
Voyons ce qu'on fait dans ce lieu;
Où ie croy qu'on tromperoit Dieu
Dans ce peruers siecle où nous sommes
Ainsi qu'on y trompe les hommes;
Et puis entrons dans le Palais
Où nous verrons que Rabelais
N'a point dit tant de raillerie
Qu'il si fait de friponnerie,
Nous y verrons de francs trompeurs,
D'illustrissime affronteurs,
Allons y voir la grande presse,
Considerons y la finesse

                          Qu'on

Qu'on y voit presque tous les iours,
Où les courretieres d'Amours
Font mille tours de passe-passe,
Le mal s'y fait de bonne grace,
Les plus sages y sont trompez,
J'en sçay qui furent attrapez,
Allant vn iour par raillerie
Faire vn tour de la Gallerie
Du Palais, où l'on fait ces coups;
  Cà, Monsieu, qu'achetterez vous,
Dit vne belle Librairesse,
Venez voir vne belle Piece,
Les Heroines de Duboscq,
I'ay les œuures de Lancefocq,
Tenez, voicy l'honneste femme,
Venez icy, tenez Madame,
Voyla les œuures de Caußin,
I'ay des heures de papié fin,
Elles sont à la Chanceliere,
I'ay la Roxanne toute entiere;
voulez vous les œuures d'Arnaut,
I'ay bien icy ce qu'il vous faut.
  Monsieu, cherchez vous quelque chose,
I'ay les pieces que Belle-rose

B

Conſeruoit le plus cherement,
Ie les eu ſecrettement
Depuis qu'il eſt hors du théatre;
Auez vous veu ſa Cleopatre,
C'eſt vne piece qui rauit
Sur tout quand Anthoine la ſuit;
  Voulez vous voir la Galatée,
La Niobé, la Paſitée,
La mort de Cezar, Iodelet,
Le Cinna, le Maiſtre valet;
Tout le récueil des Comedies;
Voicy de belles Tragedies
Qu'on a faites depuis deux iours,
I'ay bien encore les amours
Du Prince de la Bretagne;
Voicy les Eſſais de Montagne;
I'ay bien quelque choſe de beau,
C'eſt Dauila couuert de veau,
En beau papier, beau caractere,
Monſeu, voicy bien vôtre affaire;
I'ay tout Rablais & l'Agripa
Il ny manque pas vn iota,
C'eſt pour porter à la pochette,
Mais ie vous le vend en cachette;

I'ay Charon non pas des nouueaux
Le mien eſt de ceux de Bordeaux;
I'ay ceans l'Hiſtoire ſecrette,
C'eſt vne piece fort bien faite;
I'ay bien quelque choſe de pris,
La doctrine des fors Eſpris.
Monſeu, ſi vous eſtiez vn homme
Pour y mettre vne bonne ſomme
Ie pourrois vous en faire part;
Ie l'ay dans vn coin à l'eſcart,
C'eſt bien vne piece fort bonne,
C'eſt pour cela que la Sorbonne
A trétous nous a deffendus
Sous la peine d'eſtre pendus
D'en imprimer aucune choſe,
Ainſi perſonne de nous n'oſe
Dire qu'il à ce liure icy,
Mais pour celuy-là que voicy
C'eſt l'original ſur mon ame.
    Approchez vous icy Madame,
Là, voyez donc, venez, venez,
Voicy ce qu'il vous faut, tenez,
Dit vn autre Marchand qui crie
Du milieu de la gallerie;

B ij

I'ay de beaux masques, de beaux glans,
de beaux mouchoirs, de beaux galans,
Venez icy, Mademoiselle,
I'ay de bellißime dantelle,
Des points-coupez qui sont fort beaux,
De beaux étuis, de beaux sizeaux,
De la neige des plus nouuelles,
I'ay des crauates des plus belles,
Un manchon, vn bel éuantail,
Des pendans d'oreille d'émail,
Vne coiffe de crapaudaille,
I'ay de beaux ouurages de pailles.
    Monseu, dit vn autre, voicy
Ce qui ne se trouue qu'icy,
Des coûteaux à la Polonnoise,
Des colets de buffle à l'Angloise,
Vn castor qui vient du Japon,
Venez voir vn feutre fort bon,
Il est excellent pour la pluye,
C'est de ceux qu'on porte en Turquie,
Des canons, des bas à botter
Monseu, voulez achetter.
    Mais escoutons cette marchande
Monseu, i'ay de belle Holande,

Des manchettes, de beaux rabas,
De beaux colets, de fort beaux bas,
Achetez-vous quelque chemise,
Voicy de belle marchandise,
Venez, Monseu, venez à moy,
Vous aurez bon marché ma foy.
   Alons, laissons la Gallerie,
Voyons vne autre drollerie,
Viens, viens, suis moy, passons icy,
Tu connoisteras vn racourcy
De l'Enfer en sa piperie,
Tu trouueras la tromperie
Des Aduocats, des Procureurs
Qui fourbent les pauures plaideurs.
   Hé bien! nous voicy dans LASALLE
Dirois-tu pas que c'est la halle,
Escoute vn peu quel beau sabat,
Regarde vn laquay qui se bat
Contre vn vendeur de pain-d'épice,
Tien, tien, voy tu pas vn qui pisse
Contre vn pilier, ha! par ma foy
Tout droit sous l'Image du Roy,
Regarde, voy ce pauure Prestre
Accoudé sur cette fenestre

Tenant vn fagot de papiers
Qu'il montre à des feße cahiers?
Sans doute il plaide vn Benefice;
Mordy voy donc, écoute vn Suiße
Comme il parle à ſon Rapporteur.

   Moneſieur il en eſt chicaneur,
Monl partie, luy point produire
Luy votre Clerc vouloir ſeduire
Luy luy auoir donné cinq francs
Pour ne point venir les Sergens
A ſon maiſon, le Diable emporte
Moy luy enfoncer bien ſon porte.
Morbleu voy ce gros mamelu
Qui porte vn grand bonnet pelu,
Ma foy c'eſt Huißier ſans doute
Mais viens don viſte, eſcoute, eſcoute,
Voicy trois francs ſoliciteurs,
Ce ſont d'illuſtres affronteurs
Lors que ie les voyie deſte
Ils ſont méchans comme la peſte,
Voy tu bien la ce nés camus
Qui parle de comitimus,
Ma foy c'eſt le plus méchant homme
Qui ſoit d'icy iuſques à Rome,

C'eſt autre ne vaut gueres mieux
Que tu vois au milieu des deux,
Car l'autre iour i'eus vne affaire,
C'eſt dequoy ie ne me puis taire,
Ce fripon de ſoliciteur,
Et le Clerc de mon Rapporteur
Méchans tous deux comme le Diable
Fabriquerent choſes effroyable,
Vn faux arreſt du Parlement,
Qu'ils firent ſi parfaittement
Que ſi le Ciel par ſa iuſtice
N'euſt fait connoiſtre leur malice
Sur mon ame i'eſtois perdu,
I'eſtois à tout le moins pendu,
Mais que mille peſte les creue
Ou bien qu'au milieu de la greue
Dedans des charbons allumez
Ces deux pendars ſoient conſommez.
    Paſſons, laiſſons la ces infames,
Regarde vn peu ces pauures Dames
Qui ſuiuent ceſt homme à grand pas,
Et qui ne les regarde pas,
C'eſt vn Conſeiller des Requeſtes,
Ou bien vn de ceux des Enqueſtes,

Elles parlent de confirmer
Vne sentence, ou l'infirmer
D'vn appel, d'vne incompetance,
D'vn decret contre l'Ordonnance.
　　Que Diable veut dire infirmer,
Et c'est autre mot confirmer?
Quoy, tu n'entends pas la chicanne?
Vien, vien, suiuons cette soutanne,
C'est vn homme de grand caquet
Qui va plaider dans le parquet,
Remarque toutes ses paroles,
Son action, ses hiperbolles,
Il dira de beaux maux nouueaux,
Des mieux choisis & des plus beaux,
Il parle comme vn frenetique,
Quand il discourt de sa pratique,
Et sa prononciation
Tout se termine par sion;
Ie croy que l'antique grammaire,
Et le langage populaire,
Parmy les discours les plus vieux,
N'ont rien dit de plus ennuyeux,
Il croit faire vne belle fraze,
Et discourir auec emphaze,

　　　　　　　　　　　　Quand

Quand il se sert de jussion,
Et de qualification;
Ce sont des discours à sa mode,
Quand il veut expliquer le Code,
Il dit la validation,
Il dit certification
Quand il se parle de criées,
Lors qu'elles sont certifiées,
Il dit signification,
Il dit vne assignation,
Ma foy, si ie voulis tout dire,
Ie te ferois pisser de rire,
Ce sont des mots du temps jadis
Comme en vsoient les Amadis.
  Mais sortons d'icy ie te prie,
I'entens là loin quelqu'vn qui crie
Vertu bieu, c'est vn païsant,
(Cecy n'est pas trop mal plaisant)
Regarde comme on le secouë,
Et comme Diable il fait la mouë,
Vn Sergent le tient au colet
Mordy, regarde ce valet,
Comme il crocque vne tartelette
Accotté sur cette tablette,

C

Ha! vertu bieu, regarde icy,
Malle peste, voicy, voicy
Vn franc nigaut dans cette foulle,
Qui porte en sa main vne poulle,
Il suit de pres vn Procureur,
Pardy c'est quelque laboureur,
Ou quelque vigneron, ie gage,
Que c'est vn homme de village,
Voy, voy comme il tient son chapeau,
Escoute; il parle d'vn troupeau
Que l'on saisit vn iour de feste,
Sans auoir presenté requeste.
Ardé, regardé bien Monsieu,
Ie sis tout mouillé, car y pleu,
Et si pourtant ie vous aporte
Cette poulle; le gieble emporte,
Plaidez moy for bian & for biau,
Car ie creue dedans ma piau,
Et ie sis si fort en coleze,
Que pargué ie ne me pis taize,
Voigeant mes brebis en prison,
Morgué c'est vne trahizon,
D'vn des biaux frezes de ma fame,
Vouy i'en touche dessus mon ame,

Boutez gaignes moy mon procés,
Si i'en pouuons auoir fuccés,
Que i'en ayons les mains leuées,
Et que mes brebis foient fauuées,
Je vous fezé vn beau prefent,
Je fçay qu'où eftes bien difant,
Allez plaidez moy bien ma caufe,
C'eft fur vous que ie me repofe.

Cecy n'eft-il pas bien boufon,
Ce pauure pitaut ce morfon,
Et s'explique comme vne befte
Suiuant fon Procureur nud tefte.

Paffons, laiffons-là ce nigaut,
Confidere vn peu ce fourdaut
Comme diable il prefte l'oreille,
Sans doute quelqu'vn le confeille,
Deffus quelque procez qu'il a,

Approche icy, tien, tien, voylà
Dequoy rire vn demy quart d'heure
Voy tu bien celle-là qui pleure,
C'eft la femme d'vn Armurier,
Qui voudroit fe demarier,
C'eft bien la plus plaifante affaire,
Que iamais femme ait voulu faire,

C ij

Viens donc, viens viens, accours accours,
Entendons vn peu son discours,
La voylà des-jà qui s'escrime,
Et qui fait passer pour vn crime
La vielleße de son mary,
Elle dit qu'il n'a iamais ri.

Vramant Monseu, ces bien domage,
De voir vne femme à mon âge,
Estre auec vn homme si vieux,
Tout morfondu, tout chaßieux,
Pour moy ie veux que la Justice
Me tire de ce malefice,
Car ie ne sçaurois plus souffrir,
I'ayme bien mieux cent fois mourir
Que de me trouuer obligée,
De viure toûjours affligée;
Outre que ie feray trouuer,
Et mesme ie pourray prouuer
Qu'alors que ie fus fiancée,
Ma mere m'y auoit forcée,
Et personne n'a point ouy,
Que i'aye iamais dit, oüy,
Ie sçay qu'à la our de l'Eglise,
Alors qu'vne fille est surprise,

Ou cóntrainte par ses parens,
Et mesme on voit parmy les grands,
Quand vne femme est mescontente,
Souuent vn souffre qu'elle inuente
Quelque chose qui soit mauuais,
Disant mon mary est punais,
Ou bien qu'il a mauuaise alaine,
Et sans se mettre guere en peine,
Dire quelque fois en passant,
Mon mary est vn impuissant;
Ainsi Monseu ie vous supplie,
De m'oster de mélancolie;
Donnez moy conseil s'il vous plaist,
Si ie pourrois point par arrest
Faire rompre mon mariage,
Le contract & le cariage,
Car ie vous iure sur ma foy,
Que i'emploiray tout mon dequoy,
Ie vendray iusque à ma chemise
Afin de n'estre plus soubmise
Aux humeurs de ce vieux penart,
I'ayme bien mieux perdre le quart
Ou bien la moitié toute l'entiere,
(Quoy que ie sois bonne heritiere)

De ce que i'ay porté chez luy,
Et quand ie deurois des ores-huy,
Me trouuer reduitte a laumofne,
Qu'on me recommandaft au profne,
Voyez vous Monfieu i'aymes mieux,
Perir, que viure auec ce vieux,
Car par ma foy ie vous affeure,
Et c'eft fans que ie me pariure,
C'eft bien l'homme le plus malin,
Le plus falle, le plus vilain,
Le corps le plus remply d'ordure,
De falleté, de pouriture,
Il put dix fois plus qu'vn rat mort,
Il veffe toujours quand il dort,
C'eft bien la plus vilaine pance
Qui foit au Royaume de France,
Il mange comme vn loup garou,
Iamais il ne dit i'en a'y prou,
Il a toûjours le nez au verre,
Nous fommes en eternelle guerre,
Il gronde comme vn gros matou,
Tous les foirs il eft demy fou,
Et puis il dort comme vne befte,
Et vous diriez que la tempefte,

Soit tumbée au milieu de nous,
Quand il ronfle sur ses genous;
Mais ce qui m'est insuportable
C'est qu'il est ialous comme vn Diable,
Ie n'oserois sortir vn pas,
Non pas mesme prendre vn repas,
Chez nostre plus proche voisine,
Qu'il ne me traitte de coquine,
Il dit que ie viens du Bordel;
Non iamais on n'en vit vn tel,
Toûjours peste, toûjours renasque,
Il est bourru, facheux fatasque;
Et le pis est que ce pendu
M'a tres-fortement deffendu,
Tant sa ialousie est méchante.
De frequenter auec ma tante,
Mesme il a dit à son voisin.
Que ie couche auec mon cousin;
Quand il me veut chercher querelle,
Il dit que ie suis maquerelle
Que ie congnois tous les filous;
Et ce cagneux est si jalous,
Si facheux & si fantastique,
Qu'il me chasse de la boutique

Quand il voit venir vn marchant,
Voyez s'il n'est bien méchant,
Tant seulement le iour de Pasques,
I'alis au sermon à saint Iacques,
Et lors que ie fus de retour,
Sans respecter vn si bon iour,
Il m'enfermist dans nostre caue,
Et me traitist comme vne esclaue,
I'y demeuris toute la nuit,
Sans qu'Ame viuante me vist,
Voyez donc, Monsieu, ie vous prie,
Si c'est sans sujet que ie crie,
Si ie n'ay pas bonne raison
De quitter l'homme & la maison,
D'abandonner tout son mesnage
Et de rompre mon mariage.

　Quittons cela, passons icy,
Car tu n'as iamais veu cecy,
Voy tu c'est-la Chambre dorée,
Regarde comme elle est parée,
Là sont assis les Presidens,
Tretous rangez sur ces deux bans,
C'est icy que le monde tremble,
Lors que le Parlement s'assemble,

　　　　　　　　　Vertu

Vertu-bieu, voicy des Huißiers,
Des Procureurs, & des Greffiers,
Sans doute on vient à Laudience,
Car vn chacun prend sa seance,
Sortons, voicy les Conseillers,
Rangeons nous contre ces pilliers,
Voyons les passer à la fille,
Tien ce vieux demeure dans l'isle,
C'est autre qui vient à grand pas,
Se tient proche sainct Nicolas,
Et ce bon homme qui se cambre,
C'est le Doyen de la grand' Chambre,
L'autre vn President au mortier,
Qui fait à rauir son mestier,
Car celuy-là n'a pas le vice
De commettre aucune injustice;
Apres luy c'est vn Officier
Qu'on appelle Audiencier,
Et ces trois autres ce me semble
Que tu vois qui marchent ensemble
Ce sont trois Aduocats plaidans
Qui suiuent deux grands Presidens;
Celuy qui tient vne baguette,
Qui porte vn colet à languette,

D

Et qui marche si bellement
C'est vn Huissier du Parlement,
Regarde comme il fait le drolle
Auec sa verge sur l'espaule
Pour tous ces autres que tu voy
Ce sont Messieurs les gens du Roy.
   Veux-tu que nous passions plus outre,
Allons par dessous cette poutre,
Nous gaignerons tout droit la bas,
Suy moy, nous n'auons pas cent pas,
Nous entrerons dans la Buuette,
Tu verras vne cabuette,
Où tous les Messieurs vont manger,
On y peut aller sans danger,
Nous ferons causer la Maitresse,
Tu verras vne belle Hotesse,
Qui discourt agreablement,
Elle parle tres-jolliment,
Veux-tu venir, nous boirons peinte,
Nous y pouuons aller sans crainte,
Tout le monde est fort bien venu,
Mesme iusques au plus inconnus,
Vien vien, suy moy; Bon iour Madame,
Nous mourons de soif sur mon Ame,

Donnez nous chopine de vin,
Nous auons couru ce matin
Pour atraper à l'Audience
Vn chien de Treforier de France
Que la pefte du Treforier,
Depuis le mois de Feurier,
Je fuis à pourfuiure vne affaire,
Diable emporte fi i'ay pû faire
Non plus que le beau premier iour,
J'en feray ma plainte à la Cour.
Monfieur, donnez vous patience,
Si voftre affaire eft de finance,
Vous pouuez bien vous affurer
Que vous auez beau murmurer,
Vous en auez pour vne Année ;
Toute-fois cette matinée
Peut-eftre que ceans viendra
Quelqu'vn tel qu'il vous le faudra,
Car c'eft celuy-là qui prefide,
C'eft celuy-là qui tient en bride
Le grand bureau des Treforiers,
Vous luy ferez voir vos papiers,
Vous luy conterez voftre chance,
Vous ferez voftre doleance,

D ij

Pour moy ie vous y seruiray,
Moy mesme ie luy parleray.

   Ce pendant mangez quelque chose,
Voulez vous vn bon plat d'Aloze,
Vn bon petit plat de barbeaux
Vn excellent plat de naueaux
Il est rauissant ie vous iure,
Si vous voulez de la friture,
I'ay bien la moitié d'vn brochet,
Non, qu'auez vous à ce crochet?
Monsieur, c'est du lard de Balaine
Fy, cela fait mauuaise haleine,
Hé! qui Diable mange cela?
Voyez vous bien ce morceau-là,
Monsieur, auant qu'il soit Dimanche
Ie n'en auray pas vne tranche,
Messieurs les Clercs enmangent bien,
Et s'ils ne disent pas combien,
Ils font auec cela grand chere,
Et si la viande n'est pas chere;
C'est vn morceau des plus frians
Quand ils viennent boire ceans;
Si vous vouliez de la moruë,
En voylà bien, mais elle est cruë,

Faudroit la mettre sur le gril
Auec vn petit de persil,
Ou bien de l'huille ou du vinaigre ;
Monsieur, si vous voulez du maigre
C'est vn fort bon poisson de mer,
On dit qu'il est vn peu amer,
Mais tous ces plaideurs de Gascogne
Quand il puroit comme charogne,
Pourueu qu'il soit tant soit peu chaut
En mangent tretous comme il faut.
   Tenez, Messieurs, tenez vn verre,
Margot qu'on appelle grand Pierre,
Dis qu'il aille tirer du vin ;
Louyse, apporte icy du pain,
La, mettez la, la seruitte,
Alons, à chacun vne assiette,
Ca, Messieurs, que mangerez vous,
Voyez, regardez dittes nous,
Choisissez, voyla des lentilles,
Des raisins, de bonnes noisilles,
Des excellens pois fricassez,
Qui ne sont pas mal épicez,
De petits fromages de Brie,
Ca, dittes moy donc ie vous prie,

Meßieurs, que voulez vous manger,
Vous estes long-temps à songer,
Dittes ce que vous voulez prendre,
Je n'ay pas le loisir d'attendre!
Donnez nous du vin seulement,
Nous boirons vn coup vistement.

   Allons nous en, sortons bien viste
De c'est épouuentable giste,
Nous irons tout droit dans la cour
Nous tournerons tout à l'entour,,
Aupres d'vn vieux marchand de broßes,
Afin d'éuiter les caroßes,
Car voicy l'heure du midy,
Et c'est auiourd'buy Samedy,
Nous trouuerons cinq cens charettes,
Des tumbriaux & des broüettes,
J'apprehende fort l'embarras,
Allons viste, car tu verras
Qu'il nous sera presque impoßible,
De sortir de la preße horrible,
Que nous rencontrerons la bas,
Allons, suy moy donc pas à pas.

   Morbleu, voyla quelqu'vn qui crie,
Tout cela n'est pas raillerie,

J'entends qu'on dit ie suis bleſſé,
Ha! mon Dieu, i'ay le bras caſſé,
Voyons que c'eſt, ie t'en ſupplie,
Sans doute c'eſt quelque folie,
Peut eſtre quelqu'vn s'eſt batu,
Allons donc le ſçauoir, veux·tu ?
Male-peſte, c'eſt vn pauure homme,
Qui crie au meurtre, qu'on l'aſſomme,
Voy tu comme il ſeigne des dens,
Paſſons viſte, entrons la dedans,
J'entends vn bruit diabolique,
Fourons nous dans cette boutique,
Ce marchand le ſouffrira bien.

Monſieur nous ne gaſterons rien,
Souffrez nous vn demy quart d'heure,
Nous n'ozons paſſer, ou ie meure,
La la, Meſſieurs entrez, entrez,
Vous vous eſtes bien rencontrez,
Car voilà le bruit qui s'augmente,
Et tout le monde eſt en attente,
Perſonne ne ſçauroit paſſer,
On eſt contraint de rebrouſſer
Du coſté du grand horologe,
En voyez vous vn qui déloge,

Et qui court en Diable & demy
Pour gaigner sainct Barthelemy.
    Tout de bon, voicy grand bagarre,
Nous allons voir du tintamarre,
Nous verrons des chapeaux perdus,
Des nez cassez, des bras rompus,
Mais voicy bien la malle bosse,
Car voicy venir vn carrosse,
Nous allons voir ioüer beau jeu,
Ayons plaisir, voyons vn peu,
S'il pourra passer à son ayse
Parmy tous ces porteurs de chaise,
Mais voyla bien pis à ce coin
Vn grand chariot plain de foin
Aupres de la Sauatterie,
Vien augmenter la Diablerie,
Ie voy déja qu'vn Sauetier
Veut aller gourmer le Chartier,
Car il acroche auec sa roüe
Vn tombreau remply de boüe,
Et s'il auance encore vn pas,
Ie voy le tumbriau la bas.
Ha ha, le voyla qui renuerse,
Voy tu, vois-tu comme il se berce,

                                    Ha

Ha! Dieu, le voylà répandu,
Sur mon Ame tous est perdu,
Il va donner de la pratique
A tous ces courtaux de boutique.

   Male-peste, quel margoüillis,
Quel desordre, quel patroüillis,
Vne boutique renuersée,
De la marchandise cassée,
On tient le boüeur au colet,
Qui se gourme contre vn valet,
Allez chercher le Commissaire,
Dit vn gros vieux Apotiquaire
Menez ce coquin en prison,
Il faut qu'il vous fasse raison.

   Ce pendant mes porteurs de chaise
Qui ne sont pas fort à leur aise,
Qui ne sçauent ou reposer,
Et ne peuuent se soulager,
Pour trop crier & dire garre,
Commencent vne autre bagarre,
Ils heurtent les vns en passant,
Ils poussent les autres en marchant;
Mais apres bien poussé,
Vn laquay se voyant pressé,

               E

Et n'aymant pas fort ses caresses,
Lâche vn coup de pied dans les fesses
D'vn des porteurs, qui tout surpris,
Sans bien rapeler ses esprits,
Tout d'vn coup lâche sa bricolle,
Et fait faire vne caracolle,
A cette chaise qu'il portoit
Sans songer qu'il la renuersoit,
Et plantoit son Monsieur par terre,
Tumbé contre vn gros tas de pierre,
Tout au milieu d'vn grand bourbier,
Deuant la maison d'vn barbier,
La chaise estoit toute fenduë,
Pour la vitre, elle estoit rompuë,
Et le Monsieur s'estoit blessé
Du verre qui s'estoit cassé,
Et faisoit tant soit peu parestre
Le bout du nez par la fenestre
Honteux de se voir comme vn veau
Couché tout plat dans vn ruisseau,
Sa perruque estoit barboüillée,
Toute salle & toute moüillée,
En fin iamais enfariné
Ne s'estoit veu plus estonné,

Quand il consideroit ses bottes,
Il les voyoit plaines de crottes,
Il auoit tumbé son chapeau,
Il auoit traisné son manteau,
Par vn des bouts dedans la fange,
Et dans cette posture étrange
Monsieur le Courtisan sortit
Ainsi qu'vn pourceau de son lit,
Et fut contraint le Diable-emporte
De se sauuer dans vne porte,
Dix fois plus viste qu'vn magot,
Sans iamais oZer dire vn mot.
Afin d'éuiter la crierie,
Le sabat & la raillerie,
De tout le monde qui sortoit
Afin de sçauoir que s'estoit.

Mais sur cecy suruint vn coche
Lequel voulant passer s'acroche
A deux ou trois grands chariots
Plains de cottrets & de fagots,
Le se commence vn preambule,
Le cocher veut que l'on recule,
Vn chartier dit qu'il ne peut pas
Reculer seulement vn pas,

D ij.

Sur cela le cocher s'obstine,
Et iure en renfrognant sa mine,
Que par la mort il passera,
Que le chartier recullera,
Et que s'il fait trop le brauache
Il luy frottera la moustache;
Mon chartier vn peu glorieux
Luy donna d'vn foüet sur les yeux;
Le cocher dispost & fantasque
Dessend, & sautant comme vn Basque,
Se jette sur son maroquin,
Et le traitte comme vn coquin,
D'autre costé le chartier frappe,
Et fait en sorte qu'il attrape,
Le cocher en certain endroit,
Qu'on n'oze dire tout à droit;
Lors le cocher heurle & deteste,
Et iure par la male-peste,
Par la mort qu'il l'estranglera,
Ou du moins qu'il le quittera,
En fin c'est vn bruit dans la ruë;
C'est vn vacarme, vne cohuë,
Tous les marchans font vn grand bruit,
On voit tout le monde qui fuit;

Et mesme vn vendeur de gazettes,
S'est trouué pris dans des charettes,
Qui l'ont pressé iusque à tel point,
Qu'elles ont rompu son pourpoint,
Deschiré toute sa chemise,
Et fait tumber sa marchandise;
Vn pauure petit marmiton,
Portant vn gigot de mouton,
A si fort receu sur la iouë,
Qu'on la bouluersé dans la bouë,
Il estoit fait comme vn lutin,
Et comme vn petit Diablotin;
Et ce pauure marchand d'eguille,
Qui se tient proche la coquille,
A veu tomber son estably,
Et tout son ouurage remply,
Deau de vilennie & de crotte,
Mesme il a perdu sa calotte,
Encor de peur d'estre batu,
Il a fallu qu'il se soit tu.

　　Sortons d'icy ie t'en coniure,
Car quelque méchante auanture
Nous pourroit peut-estre arriuer.
Passons, quand nous déurions creuer,

Gaignons tout le droit le pont au change,
Pouſſe moy ce marchand d'orange,
Alons donc, ſaute viſtement,
Mordy tu vas trop lentement,
C'eſt s'amuſer à la moutarde,
Vertu-bieu tu ne prens pas garde,
Que tu te laiſſe embaraſſer,
Et tu ne pourras plus paſſer,
Puis apres ce ſera le Diable,
Tu ſeras pillé comme ſable,
Et peut eſtre tu ne pourras,
Te tirer de ceſt embaras;
Tien, pouſſe cette chambriere,
Gaigne droit à ceſte fruitiere,
Et de là ſaute hardiment,
Chez ce vendeur de paſſement,
Sauue-toy le long des boutiques,
Chez ce marchand qui vend des piques,
Et demeures-la de pié quoy,
Juſqu'à ce que ie ſois à toy.

　　Moy ie paſſé dans l'autre ruë,
Car i'entends qu'on dit, tuë, tuë,
Ie voy là bas grande rumeur,
Ie me ſauue peur de malheur;

A Dieu, va t'en, ou que ie meure,
Je suis à toy dans vn quart-d'heure.
Hé bien, me voyla de retour,
Par ma foy i'ay fait vn beau tour,
Bien m'a vallu de sçauoir courre,
On m'a voulu frotter la bourre,
Vn petit gentilhommereau,
Me prenoit pour vn macquereau,
Et disoit me nommant infame,
Que i'auois suborné sa femme,
Il crioit comme vn enragé,
Et faisoit si fort l'outragé,
Qu'en chantant vn si beau ramage
Il sousleua le voisinage ;
    Au mesme temps i'ay veu sortir
Des gens qui vouloient m'inuestir,
Les vns formoient vn corps de garde
Auec chacun vne allebarde,
Des autres auoient vn Epieu,
Quelques-vns des armes à feu,
Celuy-cy tenoit vne broche,
Cest autre vne méchante pioche,
D'autres des bastons à deux bouts,
Et heurloient tous comme des fous,

Chacun crioit à plaine terre,
Arreste, arreste, arreste, arreste,
Prenez Messieurs, prenez prenez
Ce coquin & le retenez,
Il faut que nous contions la chance,
A ce maquereau d'importance,
   Ce pendant i'ay drillé toûjours,
Sans m'amuser à leurs discours,
Et dans quatre sauts sur mon ame,
I'ay gaigné le pont Nostre Dame,
Et pour mieux éuiter l'affront,
I'ay bien tost trauersé le pont,
Sautant viste comme vne cheure
I'ay passé sur le quay de Geure,
Et i'ay couru iusques icy,
Où vous me voyez Dieu mercy.
   Aprés cest accident estrange,
Sortons, passons le Pont au Change,
Nous irons vers sainct Innocent,
Ie te feray voir en passant,
Dequoy passer vne heure entiere,
Sous les Charniers du Cimetiere,
Mais cache bien ton pistolet
Faut passer sous le Chastelet,

                            Et

Et ce diable d'endroit fromille,
D'Officiers de l'Hostel de ville,
Qui sont des Archers, des Sergens;
Et de cette sorte de gens,
C'est vne race tres-meschante,
De qui la vie est insolente,
Et qui sans rime ny raison,
Vous fourent vn homme en prison,
Sous vne simple conjecture,
Pour dire qu'ils ont fait capture,
Cache donc bien ton pistolet
Qu'on ne te saisisse au colet.
   Depeschons vne heure est sonnee,
Faut employer l'apres-disnee,
Nous auons force chose à voir,
Auparauant qu'il soit le soir.
 Voicy donc ce grand CIMETIERE,
Qui nous fournira de matiere,
A faire pour le moins cent vers,
En parlant des sujets diuers,
Et de cinq cens badineries,
Que l'on voit sous ces galleries;
   Passons icy premierement,
Car i'y trouué dernierement

F

Vn drolle qui me fiſt bien rire
Quand ie le regardois eſcrire,
Peut-eſtre le trouuerrons nous
Si nous paſſons icy deſſous;
Ma foy ie le voy, c'eſt luy-meſme,
Je le connois à ſon teint bleſme,
Suy moy, nous rirons auiourd'huy,
Ie voy qu'vn homme aupres de luy
S'en va parler de quelque affaire,
A c'eſt illuſtre Secretaire,
Auançons, oyons leurs diſcours,
Ce droſle icy parle d'amours,
Il veut eſcrire à ſa Maitreſſe;
Faut eſcouter auec fineſſe,
Approchons nous de ce tombeau,
Regardons dans ceſt eſcriteau
Et nous ferons ſemblant de lire,
Mais donne toy garde de rire,
Faut eſcouter auec loiſir
Si tu veux auoir du plaiſir.
Tien, le ſecretaire commence
De deſployer ſon Eloquence,
Eſcoute plutoſt l'Amoureux.
    Monſieur, ie ſuis tres-mal-heureux.

J'ayme vne jeune Demoiselle,
Mais ie ne suis point connu d'elle,
Elle se nomme Loüison,
Et ie sçay fort bien sa maison;
Il faut que vous preniez la peine,
De m'escrire vne lettre plaine,
De beaux discours, où vous marquiez
Par des vers, où vous expliquiez
Le iour que i'eus sa connoissance,
Et qu'il n'est point dedans la France,
D'homme plus amoureux que moy,
Que celuy veux donner ma foy,
Apres vous luy direz encore,
Que dans mon ame ie l'adore,
Que ses beau yeux me font mourir,
Vous sçauez fort bien discourir,
Vous ferez, s'il vous plaist, le reste,
Et comme en fin je luy proteste,
Que ie veux viure desormais
Son seruiteur à tout iamais;
Et puis sur le dessus d'icelle
Il faut mettre, à Mademoiselle,
Mademoiselle Loüison,
Demeurante chez Alizon,

Iuſtement au cinquieſme étage
Pres du Cabaret de la Cage,
Dans vne chambre à deux chaſſis,
Proche ſainct Pierre des Aſſis.
   Hé bien! hé bien, laiſſez moy faire,
Dit c'eſt illuſtre Secretaire,
Quand il eſt queſtion de rimer,
Ie ſçay fort bien m'en eſcrimer,
Ie depite homme de la ville,
Qui me puiſſe égaller en ſtille,
   Laiſſez moy faire, i'ay compris,
Voyez ce pendant que i'eſcris,
Parmy ce grand nombre d'images,
Vous y verrez de beaux viſages,
Et puis ie vous auertiray,
Apres cela ie vous liray
La lettre quand ie l'auray faite;
Ie l'eſcriray tout d'vne traitte:
   Parbleu faut que nous ſçachions tout,
Faut entendre iuſques au bout.
Ce pendant lis c'eſt Epitaphe,
(Tu verras vn bel ortographe,)
A la fin de ſon compliment
Ie t'appelleray doucement.

Peht, il a fait son escriture,
Viens en entendre la lecture,
Depesche-toy donc d'auancer,
Le voyla qui va commencer.

LETTRE DV HAVT
Stille.

QVand le Ciel par sa destinée,
Eust formé celle matinée,
Ou vous lanceâtes vos regards,
Pointus & perceans comme d'ards,
Que dans cette belle rencontre,
Que ie puis nommer bonne encontre,
Vous allumastes de vos yeux,
Plus clairs que le Soleil des cieux,
L'interieur de mon Microcosme
Pres la fontaine de sainct Cosme,
En cest endroit vos doux atraits,
Percerent mon cœur de cent traits,
Et dans cette heureuse entreueüe,
Sans iamais vous auoir connuë,
Je sentis tous mes intestins,
Se remuer comme lutins,

Ou comme pois en la marmitte,
Ou comme carpe demy fritte,
Vous fiſtes bruit dans mes boyaux
Comme ſi i'eux mangé naueaux,
Vous bouluerſates mes entrailles,
Plus fort que celle des volailles,
Quand on les veut accommoder,
Pour les farcir, ou les larder;
Mon cœur ſauta comme vne pie,
A m'a langue vint la pepie,
Et mes ſens ſurpris ſi tres fort,
Que i'en penſé deuenir mort,

　　Mais maintenant ie me rauiſe,
Et vous eſcris belle Louiſe,
Affin de vous faire ſçauoir,
Que ie deſire fort vous voir,
Pour vous entretenir à laiſe
Du feu, des charbons, de la braiſe,
Dont mon eſprit eſt alumé,
Et mon iugement conſomme.

　　Mais peut eſtre que voſtre mere,
Pour eſtre d'humeur trop ſeuere
Ne voudroit vous laiſſer ſortir,
Dont j'aurois tres-grand repentir.

Je vous escris donc cette lettre,
Dedans laquelle ie veux mettre
Sans me seruir de fixion,
Ou me porte ma passion,
Et prens ceste hardiesse,
De vous nommer, chere Maistresse,
L'obiet des beaux maux que ie sens
Plus grands que ceux des Innocens,
Puis-qu'ils souffroient dans leur enfance,
Et moy dans mon adolescence ;
Jour a iour, petit a petit,
Ie voy finir mon apetit,
Et la viande ne m'est plus bonne,
Quand ie songe a vostre personne,
Ie passe les nuits sans dormir,
A soupirer, & a gemir ;
Quand ie songe a vostre visage,
Je ne mange plus de potage,
Et les metz plus delicieux
Sont a mon goust tres ennuieux.
Mes genous tremblent de foiblesse,
Et mes yeux pleurent de tristesse,
Vous auriez tres-grande pitié,
Si vous sçauiez mon amitié,

Et voyez mon visage blesme,
Vous connoitriez le mal extreme
Que vous auez fait a mon corps,
Et par dedans, & par dehors;
    Mais il n'importe, a la bonne heure,
Ie suis content, quoy que ie pleure,
Quand vos beaux yeux ie me remetz,
Et vostre amour ie me prometz,
    Receuez dons belle mechante,
Qui les cœurs des mortels enchante,
Le don que ie vous fais de moy
Pour me soubmettre à vostre loy,
Mes volontez, seront les vostres,
Et iamais ie n'en auray d'autres,
Ie feray ce que vous direz,
I'yray par tout ou vous irez,
Et n'auray d'inclinations,
Qu'à suiure vos affections.
    Belle i'attens vostre reponce,
Ie loge aupres Monsieur le Nonce,
Tout vis a vis des Mathurins,
A l'enseigne des trois tarins,
Sur le dessus de vostre lettre,
Belle Louise il faudra mettre.

                                    De

De peur de l'Interception ,
S'il vous plaiſt cette inſcription ,
A Monſieur , Monſieur la Lamée,
Volontaire ſuiuant l'armée ,
Depuis les ſieges de Clerac,
De Nerac & de Bergerac.

   Hé bien , que dis-tu de ce ſtille ,
Ceſt homme n'eſt-il pas habille ,
Ne faut-il pas de fort beaux des vers
Bien crochus & bien de trauers ?

   Allons nous en vers cette tente ,
Ioignons vn peu cette ſeruante ,
Qui parle à ceſt autre Eſcriuain ,
Et tient vn papier dans ſa main ;

   Monſieu , prenez voſtre eſcritoire,
Ie veux refaire cé memoire ,
Dit-ells , car il ne vaut rien ,
Faittes m'en vn , mais qui ſoit bien
Afin que j'y trouue mon conte ,
Prenez bien garde qu'il ſe monte ,
Ie croy quinze liures dix ſous ,
Qui ſont arreſtez au deſſous ;
Faut qu'il monte vingt liures ſeize ,
Car voyez vous , ne vous deplaiſe ,

                G

Afin qu'il foit fait comme il faut,
Mettez moy le prix vn peu haut,
Et fans que ie vous diſſimulle,
Ie veux vn peu ferrer la mulle.
Car ie ne puis pas autrement
M'entretenir honneſtement,
Nos Maiſtres ont pris ceſt vſage,
De ne donner que peu de gage,
Nous ne gaignons feulement pas,
Pour nous entretenir de bas.

Ca, voyons, dit le Secretaire,
Ie m'en vay faire voſtre affaire;
Depeſchez, dites viſtement,
Car i'eſcris fort fubtillement.

Premierement, pour des fauciſſes,
Pour des poix & des eſcreuiſſes,
Vous mettez cinquante-ſix fous,
A cela que me dittes vous ?
Que ie dis ! faut mettre foixante,
Soixante foit, Pour de la mante,
De la marjolaine & du tain,
De la lauande & du plantain,
Du moron, De la ferriette,
Tant foit peu dépine-vinette,

Aussi pour trois petits paniers,
Il y à vingt sols six deniers ;
Ostez-lez, mettez en quarante,
Cela joint auec les soixante
Feront tout iustement cinq frans,
Aprés lisez, Pour des harans,
Pour trois maquereaux & deux viues,
Et pour deux carpes toutes viues,
Vous auez mis trois liures six,
Il faut mettre trois liures dix.
Plus pour du beurre & du fromage
Des herbes à mettre au potage,
De la salade & des naueaux,
Des choux pommez & des poireaux,
Auec vn plain panier d'ozeille,
Et pour des figues de Marseille,
Des amandes & des pignons,
Des pistaches, des champignons,
Et pour du raisins de Corinthe,
Aussi pour deux fagots d'absinthe
Vous mettez dix francs & demy ;
Rayez les donc, mon cher amy,
Au lieu de dix mettez en onze.
Plus pour vn petit pot de bronze,

G ij

Mettez seize sols seulement
Car c'est le conte iustement,
Cela fait mes vingt liures seize;
Bon bon, ça ça, ie suis bien-aise,
Donnez, s'il vous plaist mon papier;
Ouy-da, mais il me faut payer;
C'est la raison que ie vous paye;
Jl le faut malgré que i'en aye,
Hé bien, ça, que faut-il donner?
Jl faut dix sols sans chicanner,
Comment dix sols mort de ma vie,
C'est vn peu trop, ie vous supplie
Vous vous contenterez de huict,
Disputez, iusques à la nuict,
Il faut dix sols, c'est mon salaire;
Dix sols, ie ne le veux pas faire;
Gardez vous plutost vostre escrit,
Aga donc pour auoir transcrit
Vne pauure meschante page
Vous faut dix sols, C'est grand dõmage,
Que vous n'escriuez tout vn iour,
Diable vn Conseiller de la Cour
Ne gaigneroit pas mieux sa vie,
Prenez mes huict sols ie vous prie.

Autrement ie m'en vay, ma foy
Vous n'aurez pas vn sou de moy;
  Plaist-il, Madame la seruante;
Parbieu vous estes bien plaisante,
Quoy, i'auray donc escrit tres-bien
Et vous ne me donneriez rien,
Si ferez ma foy ie le iure,
Vous payerez mon escriturt,
Ou i'auray le mouchoir de cou;
    Mon mouchoir! aga hé le fou,
Aga donc l'Escriuain de neffle,
Voyez ce beau valet de treffle,
Regardez bien comme il est fait;
Ne luy faut plus qu'vn atiffait
Pour ajuster sa cheuelure;
Voyez qu'il a belle encoulure,
La malle-bosse du poüilleux,
Voyez comme il est croustilleux,
Auec sa teste de filace;
Va, t'a beau faire la grimace,
Tu n'auras ma foy pas vn sou,
Demeure là, fais le hou hou,
Et gaigne autant l'apresdinée,
Que tu fais cette matinée.

Comment , Madame la Putain,
J'auray donc perdu le matin
Pour tes beaux yeux , double carogne,
Par la jarny si ie t'empogne
Ie te frotteray le museau;
Viens y donc , vieux maquereau ,
Tu n'en as pas la hardisse.

Allons, quittons cette diablesse,
Passons deçà, voyons plus bas,
Auance vn peu , doublons le pas,
Allons voir ce marchand d'image
C'est vn illustre personnage.
Dieu vous gard Monsieur Guerineau:
N'auez vous rien icy de beau ?
Auez vous des pieces nouuelles ?
Ouy, Messieurs , i'en ay des plus belles,
J'ay de beaux crayons à la main,
Qui sont faits sur du parchemin,
J'ay de Bellissimes estampes
Que i'ay eu d'vn Pintre d'Estempes
Si vous en voulez achetter,
Vous les pourrez tous feüilleter,
Ils sont auprés saincte Oportune,
A l'enseigne de La Fortune,

Ie reuiendray dans vn mome nt;
Allez donc, courez vistement.
   Quand tu verras sa marchandise,
Tu verras bien de la sotise,
Il nous montrera des grimaux,
Qu'il nous fera passer pour beaux,
Des tailles douces enfumées,
Mal faittes & mal imprimées,
De méchans petits charbonis,
De vieux morceaux de griffonis
Desquels il fait autant d'estime
Que d'vne chose rarißime;
Bon bon, le voicy qui reuient
Il nous va montrer ce qu'il tient,
Nous verrons des badineries
Et de plaisantes drolleries,
C'a, Monsieur Guerineau, voyons,
Montrez-nous vn peu ces crayons
Sans doutte ils sont de consequence,
Ouy messieurs ils sont d'importance,
Ie m'en vay vous les montrer tous,
Vous verrez qu'ils sont touchez doux,
I'en ay de beaux du carauage,
Du titian & du Carage,

I'ay des pieces du tintoret,
Du parmaiſan, D'albert duret,
I'ay la danaé de Farnaiſe
Deux grand deſſeins du veronaiſe
L'architecture D'ondius,
Les nuditez de goltius,
Quatre craions faits par Belange,
Et trois autres de Michel-Ange,
Vn beau deſſein de Raphael,
Jamais homme n'en viſt vn tel
C'eſt vne piece a la ſanguine,
J'ay de plus vne proſerpine,
Faite par vn certain Flamand,
Qui tient quelque choſe du grand,
I'ay les eſquiſſes de la belle,
Les payſages de perrelle,
I'ay du guide quatre deſſeins.
D'vn grand tableau de la Touſſains;
I'ay deux teſtes de veronique,
Qui ſont faites d'apres l'Antique;
I'ay trois figures a demy corps
Faites par vn certain du corps,
Ceſtoit vn brodeur d'inportance;
Apres i'ay des pintres de France,

Tout

Tout ce qu'ils ont fait de nouueau,
(Mais c'est quelque chose de beau,)
Ce sont des desseins à la plume
En grand & en petit volume,
I'en ay de Voüet, de Pousßin,
De Stella, la Hire, Baugin,
De Perrier, du Brun, de Fouquieres,
De celuy-cy ie n'en ay gueres;
I'ay bien encore du sueur
Le grifonnement d'vn sauueur,
Enfin i'ay quantité de pieces
I'ay tous les dieux & les deesses
Faites par vn certain pinal
Qui peint au Palais Cardinal,
I'ay cinq ou six crayons de lâne,
Entre autre vne piece profane,
I'en ay trois autres de Meslan,
Sur tout vous verrez vn Milan,
Qui porte en lair vne figure
La plus belle de la nature,
I'en ay bien aussi de daret,
D'autres de la main de Huret,
I'ay sa grande tese du Carme
Ou mars paroist comme vn gendarme

H.

Elle est du pere Suarés;
En suitte vous verrez aprés
Quatre ou cinq pieces merueilleuses
Tres rares & tres curieuses
On na rien veu de plus mignon
C'est de bosse ou colignon;
I'ay quelque chose d'admirable,
Iamais on na rien veu semblable,
Un craion qui n'a point de pair,
Desseigné par Monsieur Linclair,
Dont siluestre a fait vne planche,
Mais ie ne l'auray que Dimanche
C'est vn grand profil de Paris,
Mais il n'est pas de petit pris,
En fin, i'ay quantité de choses,
J'ay toutes les metamorphoses,
Si vous voulez nous verrons tout,
Mais vous-estes là tout de bout,
J'ay grande peur qu'il vous ennuye,
Et puis voicy venir la pluye,
Peut-estre vous vous moüilleriez,
Puis-apres vous vous fâcheriez,
Vaut mieux remettre la partie
A demain donc ie vous en prie;

C'eſt bien dit, vous auez raiſon.
I'iray dedans voſtre maiſon;
A Dieu donc iuſque à la reueuë.

Ce droſle icy nous prend pour gruë,
C'eſt vn méchand double camard,
Vn illuſtriſſime bauard,
Aas-tu remarqué ſa manie,
Et la plaiſante litanie
Qu'il a faite de tous ces gens.

Allons, paſſons icy dedans,
Il faut ma foy que ie t'y meine
C'eſt endroit en vaut bien la peine
Je te feray voir cent manteaux,
De vieux pourpoins, cẽt vieux chapeaux,
Des caſaques, & des mandilles,
Une infinité de guenilles,
De vieux juſte-au corps de velours,
Les vns trop grands, d'autres trop cours,
Le long de la Tonnellerie,
Et paſſant dans la Fripperie.

Alons, viens donc, depeſchons-toſt,
Nous y voicy preſque tantoſt,
Nous n'auons pas cent pas à faire,
Mais prends bien garde, il te faut taire,

H ij

Entends les Fripiers seulement,
Ils parlent eternellement,
Et par certaine rethorique
Ils font entrer dans leur boutique
Encore que vous ne vouliez,
Et malgré que vous en ayez;
   C'a, nous y voicy, prends bien garde
A cette viellerie de harde,
Considere ce grand pourpoint,
Voy qu'il a le colet bien joint,
Cette vielle robe fourée,
Comme diable elle est rembourée,
Le colet, c'est vn cocluchon
Doublé de quelque vieux manchon
Vous tu celuy-la que la porte
En parade dessus sa porte.
Iarny voicy qu'il vient à nous,
Icy Messieurs, approchez vous,
Venez voir vne camisolle,
Vn pantalon à l'Espagnolle;
C'est de ratine de Beauuais,
Voyez, il n'est pas fort mauuais,
C'estoit d'vn Marchand de Holande;
I'ay bien icy aussi houpelande,

Auecque du grand paſſement,
Diable m'emporte ſi ie ment.
Ha Monſieu, voicy quelque choſe,
Un juſte-au-corps couleur de roſe,
Garny de gros boutons d'eſtrain,
Auec des freluches de crain,
La bigarure n'eſt pas laide,
Prenez-le iamais Dieu ne m'ayde,
S'il ne vous ira comme il faut,
Il n'a pas vn petit deffaut,
Il eſt juſte ſur le corſage,
Il eſtoit fait pour voſtre vſage.

  Male-peſte vous vous mocquez,
I'aurois tous les ſens diſloquez,
Si ie m'abillois de la ſorte.
Hé! pourquoy non Monſieur qu'importe,
Ce juſte-au-corps n'eſt-il pas beau,
Auſſi bien au iour qu'au flambeau?
Monſeu, vous pourriez prendre pire,
Il vous eſt fait comme de cire;
Mais pourtant s'il ne vous plaiſt pas,
I'ay bien quelque choſe la bas,
La plus belle piece du monde,
Un grand bufletin à la fronde,

Qui fuſt trouué dans Charanton,
Apres le combat (ce dit-on)
Il y a bien quelques coups de balle,
Et par le colet il eſt ſalle,
Mais auec vn peu de ſavon,
Ou bien en le frotant de ſon,
Quand il ſeroit noir comme vn merle,
Il viendra plus clair qu'vne perle.
Si vous voulez vous équiper,
Ie vous feray participer,
Au butin que j'eus de la guerre,
I'ay tout icy dans vne ſerre,
Mais ie ne l'oſe pas montrer
Craignant qu'on vint à rencontrer,
Quelque habit ou bien quelque jupe,
Alors ie ſerois pris pour dupe;
Mais vous-eſtes vn eſtranger,
Ie ne connois point de danger,
A vous montrer toutes mes nipes
En voicy dé-ja des principes;
Ie vous connois homme legal,
Ie croy ne m'adreſſer pas mal,
En vous montrant ma marchandiſe;
I'en ay de jaune, verte & griſe,

Sur tout i'ay trois grands piſtolets,
Auec les foureaux violets,
Ils ſont de Sedan ie vous jure,
On le voit bien par l'eſcriture ;
Il eſt vray qu'ils ſont fort roüillez
Et les foürreaux tous barboüillez,
Ce n'eſt pourtant que de la crotte ;
   Tenez, regardez cette cotte,
Comme elle eſtoit belle autrefois,
Elle fuſt priſe dans vn bois.
Auec vn colet à languette,
Que l'on me vendiſt en cachette,
Elle eſt tres-bonne aſſeurément,
Je vous le dis ſincerement,
Prenez la Monſieur ſur mon ame,
C'eſt vn meuble pour voſtre femme,
Elle la portera deſſous,
Cela garde bien les genous,
Quand elle eſt dedans vn Egliſe,
Expoſée au vent de bize ;
   Helas, Monſieur, ie n'en veux point
Quoy qu'elle ait vn arriere point ;
Fuſt-elle cinq cens fois plus belle,
Ie n'ay point de femme pour elle ;

Iamais femme ne me fuſt rien
Ainſi ie ne dy pas combien.
Hé bien Monſeu, cela n'importe
Vous allez voir ce qu'on apporte,
Allons hée, Iean viens viſtement,
Apporte à Meſſieurs promptement,
Ce grand paquet couuert de thoille
Où tu verras peint vne Eſtoille,
Il eſt aupres du grand bufet,
Tu ſçais fort bien comme il eſt fait.
Ca donc, ça Iean allons depeſche,
Oſte ce manteau qui t'empeſche;
Or ſus voicy noſtre paquet;
Tenez, voulez vous ce roquet,
Il eſt doublé de bonne friſe;
Ou bien cette caſaque griſe
Qui n'eſt pas neufue, mais pourtant
Vous n'en aurez iamais autant
Qui ne vous coutte vne piſtolle,
Je vous le dy ſans hiperbolle,
C'eſtoit d'vn bon drap de meuſnier
Qui fut priſe dans vn garnier
Du temps de la guerre de Brie,
Acheitez la ie vous en prie,

Ie

Je vous jure sur mon honneur
Qu'elle vous portera bon-heur,
Elle estoit d'vn vieux gentil homme,
(Je ne sçay pas comme il se nomme,)
Mais ie suis tres-bien assuré
Qu'il est beau frere d'vn Curé
Qui demeure , ainsi qu'on le conte
Proche Ville-neufue le Conte.
Quoy qu'il en soit achettez la ?
Ou bien prenez ce manteau-la !
C'est bien vostre fait ce me semble.
　　Fi fi , quand ie le voy ie tremble ,
Il est pelé de bout en bout,
Regardez le bien par tout,
Comme diable il montre la corde ,
Iarny i'ay peur qu'il ne me morde ,
Malle-bosse , il montre les dens ,
Il feroit peur aux pauures gens.
　　Ha Messieurs , ne vous en deplaise,
Croyez vous que ie sois bien-ayse
Que l'on se mocque ainsi de moy ,
Voulez vous achetter ou quoy ?
Dittes le moy ie vous en prie.
Car ie n'entends pas raillerie,

I

On ne ſe mocque pas ainſi
Des hommes en ce pays-cy.
    Allons, quittons cette boutique,
Ie voy le marchand qui ſe pique,
Dedans ce lieu faut filler doux,
Peut-eſtre iroit-il mal pour nous,
Si nous le raillons dauantage,
Car il n'entend pas ce langage.
Allons nous-en, laiſſons cela,
Paſſons tout droit dans ce coin-la,
Nous aurons le plaiſir de faire
Le racourcy d'vn inuentaire,
De cinq cens mille guenillons,
De vieux morceaux de cotillons,
L'vn d'vn quartier, l'autre d'vne aûne,
De vers, de bleus, de gris, de jauns,
De toutes ſortes de couleurs,
Qui ſont le butin des voleurs,
Et de tous les tireurs de laine,
Qui font vers la Samaritaine,
Laiſſer aux bourgeois les manteaux,
(Souuent ils en prennent de beaux)
Qu'ils donnent à cette canaille,
Car cecy c'eſt vne racaille

Qui sert souuent de receleurs
A tous ces infames voleurs ,
Ces Fripiers sont du badinage ,
Ils vous font changer de visage
A tous les habits qu'on a pris ;
Les noirs , ils les font quasi gris ,
Et les mettent en telle sorte ,
Qu'on ne peut , (le diable m'emporte)
Tant ces Fripiers sont entendus,
Iamais trouuer d'habits perdus ;
Ces rapetasseurs sur mon ame ,
D'vn méchant cotillon de femme
(Au moins à ce que l'on m'a dit)
Font ce vous semble vn bel habit,
Qui n'est pour tant qu'vne vetille,
Puis qu'il est fait d'vne guenille ,
Vn juste-au-corps deuient pourpoint
Ainsi l'on ne le connoist point ;
Vn long manteau se fait casaque ;
C'est vne horrible mique-macque ,
Ce qui fut vn buffle autrefois
N'est plus qu'vn pourpoint de chamois,
En fin c'est en la fripperie
L'abregé de la tromperie.

I ij

N'importe, paſſons au trauers,
Tien, regarde ces habits vers
Chamarez d'vne vielle nuë
Proche le coin de cette ruë.

　Cela n'eſt il pas ſurprenant ?
Faut eſtre Careſme-prenant,
Ou maiſtre des Marionettes,
Ou bien vendeur de ſauonnettes,
Eſtre aprentif de charlatan,
Ou valet de l'Oruietan
Pour auoir la bizarrerie
D'achetter cette droſlerie.

　Regarde vn tant ſoit peu plus bas,
Par ta foy n'admire-tu pas
Cette boutique bigarrée ?
Voy comme diable elle eſt parée ;
Trois méchans morceaux de velours
Vn long habit, deux manteaux cours,
Quatre chapeaux & trois mandilles
Arrangez deſſus ces cheuilles,
Quinze ou vingt pourpoints de laquais
Aſſemblez en diuers paquets ;
Deux manteaux long de feuille morte,
(Vis-tu iamais rien de la ſorte ?)

Chamarez de grand passement,
Voy qu'ils sont faits grotesquement,
Iamais aux Roys vne chandelle
Neut la bizarrerie plus belle
Deux blancs, deux rouges & deux vers,
Quatre de long, deux de trauers,
Quelle fantasque bigarrure,
Sans doutte c'estoit la parure,
Du grand Chancelier du Japon,
Ou du Roy de Colintampon;
Faut estre Suisse à triple estage
Pour se charger de ce bagage.
Examinons vn peu de prés
Ce que nous voyons tout auprés
Cinq ou six morceaux d'escarlatte
Trois vieux escheueaux de soye plate,
Six capuchons de Baracan,
Quatre bats de serge de Can
Deschirez par les talonnieres,
Et deux méchantes deuantieres,
De taffetas rapetassé
D'vn morceau de satin passé,
Trois vieux bonets en broderie,
Deux chaises de tapisserie,

Trois mulles auec vn patin,
Dont le deſſus eſt de ſatin,
Des bats à botter de futaine
Bordez d'vne frange de laine ;
De grands canons de vieux treillis,
Qui furent noirs (, mais qui ſont gris.
     Voy-tu la cette camiſolle,
C'eſt vn reſte de juſtobolle ,
Car il ne ſe peut autrement
Qu'homme d'vn peu d'entendement
L'euſt oſer porter de la ſorte.
Regarde bien dans cette porte ,
Conſidere ce grand panier,
Et cette corbeille d'oZier ,
Comme ils ſont plains de bagatelle ,
De petits morceaux de dentelle ,
Des jartieres de pantalon ,
Cinquante morceaux de galon ,
Quatre maſques ſans mentonniere ,
Le deſſus d'vne gibeſiere ,
Quatre plotons , deux eſguilliers ,
Cinq ou ſix eſtuis de cuilliers ,
Vne piece de broderie
Qui fait là la galanterie

Auecque ce meschant chiffon
Qui pend auprés de ce manchon
Vis à vis de cette fenestre,
Afin de faire mieux paroistre
Cette escharpe de taffetas
Et ces guenillons en vn tas,
En fin, regarde ces boutiques,
Tous ces chifres Aritmetiques
Ne seroient iamais suffisans
Pour nombrer ce qu'on tient dedans,
Et le meilleur conteur de France
Perdroit bien toute sa science,
S'il vouloit auec ses jettons
Suputer tous ces vieux chiffons,
Voylà pourquoy gaignons la Halle,
Ce lieu-cy put, il est trop salle,
Alons, nous ne ferons pas mal,
C'est endroit sent fort l'hopital,
Entrons par dessous cette arcade
Proche ce vendeur de salade,
Nous trouuerrons assurément
Dequoy rire quelque moment.
  Or sus voicy LA HALLE illustre,
Elle est aujourd'huy dans son lustre,

Voyla quantité de poisson,
Nous rirons de bonne façon,
Si tu veux prendre patience,
Car c'est icy le lieu de France,
Où se disent les meilleurs mots,
On fait les contes les plus sots,
Sur tout parmy ces poissonnieres
Que ne sont iamais les derniers
A dire le mot en passant,
Quand elles atapent vn marchand,
Que leur fait vn tant soit peu teste,
Alors elles font belle feste,
Elles luy donnent son paquet,
En disant quelque sobriquet,
Abordons cette Harangere
Vis à vis de cette Lingere,
Entendons ce qu'elle dira,
Bien-tost elle querellera.

  Venez à moy, Monsieur le Maistre,
Iamais vous n'auez veu paristre
Dedans la Halle du poisson
Qui soit de si bonne façon.
Regardez cette grande raye
Que voyla dessus cette claye,

                              Vous

Vous n'auez rien veu de si beau,
Si vous voulez ce Maquereau
(Il est tout frais sur ma parole)
Ou bien achettez cette solle,
Vous en aurez contentement,
Prenez là tout presentement,
Car autrement elle est venduë
Auec ce flanchet de moruë.

    Ie n'en veux point Dame Alizon,
Trédame Monsieu, pourquoy non?
Ma marchandise vaut vn autre,
Quoy ie n'auray donc rien du vostre?
Là la venez, vramant samon,
Alons, prenez moy ce saumon,
Il est sur mon ame admirable,
Ce sera l'honneur de la table;
Prenez aussi ce grand brochet
Que vous voyez à ce crochet
Il n'est mort que depuis vne heure,
Voyez le, Monsieu, que ie meure,
S'il ne vaut plus de cent bons sous,
Alons donc là, depeschez vous?
Non, ie n'en veux point Dame Janne,
Ie m'en vay chez la comere Anne,

K

J'y trouueray certainement
Ce qu'il me faut entierement.
  La comere Anne noutre-dame,
La male-peste de la femme,
Elle, & la sœur à Jean Pignon,
Nous portons toutes deux guignon,
A cause qui sont vn peu belles,
Tout chacun veut aller sieux elles.
Tous ces guiebles d'hommes y vont,
Je sçauons bien ce qu'ils y font,
Marcy-guieu sont de bonnes bestes,
Mais tous les iours ne sont pas festes
A naron pas tourjou bon tans
Peut-estre auant qui sçay deux ans
Y pouraint bien auoir les huitres
Pu sales que de vielles vitres.
Vraman vouy, & la la i'aurons
Et peut-estre que ie sçaurons
Aussi bien qu'eux faire des mienne,
N'est il pas vray Dame Basquienne
Que ie varons bien queuque iour
Que tout chacun ara son tour.
  Ha ha, voicy bien nostre affaire,
Prends garde à ce que l'on va faire

Ces deux icy dans vn moment
Querelleront aſſurément,
Vne eſt deſia fort en colere,
Tien, regarde vn peu, conſidere
Comme elle renfrogne le nez;
Nous en verrons bien deſtonnez
Si l'on peut commencer la dance;
La voyla ma foy qui commance,
    Va va, l'on te connoit carogne,
Infecte comme la charogne,
Va-t'en auprés des trois Cuilliers,
Dans la ruë des Grauiliers;
Chez dame Ieanne la fruitiere
T'as bien fait là la chere entiere;
On te connoiſt dans le Bordeau,
C'eſt là que tu tien ton bureau,
Vilaine loüe diffamée,
Reſte des goujats de l'armée,
Va va, l'on ſçait par tout ton nom,
Tu t'es acquiſe vn beau renom;
Tu veux faire de la bourgeciſe,
Camuſe, puante, punaiſe;
Vrament c'eſt bien à faire à toy,
Tu te tient ſur ton quand-a-moy,

Tu t'imagine eftre fort belle,
Tu veux faire la Demoifelle;
Sans le valet d'vn marefchal
Tu fuffe morte à l'hofpital;
Va va, Madame au cul de crotte,
Va t'en de peur qu'on ne te frotte,
Si i'empogne ton chaperon,
Ie te feray dire au laron,
Tu fais Madame l'entenduë,
Auec ta tefte au cou de gruë,
Et tes yeux de chauue-fouris;
Va-t'en voir ce veftu de gris
Qui parle à la Dame Florence,
Il te contera bien ta chanfe,
Car il ne t'a pardonné
Le mal que tu luy as donné.

    As-tu donc tout dit, vielle louue,
Que Diable fais-tu là ? tu couue
Des œufs dedans vn pot de fer,
Vielle pefte, tifon d'enfer,
Vielle forciere, vielle chienne,
Vifage de magicienne,
Maquerelle de porte-fais,
Ie fçay le meftier que tu fais,

T'es vne bonne larronneſſe,
Vne gourmande, vne yurogneſſe;
Chacun t'a veu vieux cu pourry
Donner le foüet au Pilory.
Tout le monde ſçait bien ta vie,
Nous connoiſſons ta maladie
A ton chien de nez bourgeonné;
Et ton viſage boutonné
Montre bien méchante borgneſſe
Que t'es vne inſigne ladreſſe.
Tu le fis voir dernierement,
Quand le boureau ſi joliment,
T'auoit l'autre iour épouſtée,
Tu n'en fus point épouuentée,
Et tu ne dis ſeulement pas
Vne petite fois helas;
Mais le bourreau, ny ſa rudeſſe,
Ne t'incommoda pas, ladreſſe,
Long-temps y a que tu ſçais bien,
Que les ladres ne ſentent rien.
Je te recommande au grand Pierre,
Le Suiſſe à Monſieu Baſſompierre,
Qui te foüetta tant l'autre iour
Tout au biau milieu de la cour,

Ou trouſſant ta chemiſe ſalle
Il fiſt voir ton cu plain de galle,
Va donc Ladreſſe, Maquerelle,
Va t'en ailleurs chercher querelle,
Vielle garce du temps paſſé,
Vielle rogneuſe au cu caſſé,
Putain du temps de la Rochelle,
Vieux fourniment, vielle eſcarcelle,
Va-t'en au Diable & dans l'enfer,
Seruir de femme à Lucifer,
Va-t'en luy baiſer au derriere,
Auſſi bien és-tu ſorciere,
Va t'en luy donner de lebat,
C'eſt aujourd'huy iour de ſabat,
　　Haga hée, tes donc bien ſçauante,
Dy donc Madame l'impudente,
Parle donc hée, grande putain,
Tu dois ſçauoir parler Latin,
Tés la garce des eſcoliers,
T'ont-ils pas donné les ſouliers
Que tu porte tous les Dimanches?
Dy donc qui ta donné ces manches?
Va va, nous ſçauons bien qui c'eſt,
Tu trouue bien là ton acqueſt,

C'eſt le föuette-cu de Navarre,
Voyez c'eſt vne piece rare,
Va va, garce de fouette-cu
Au College de Montegu
C'eſt là que tu trouue ton conte,
Ne déurois-tu pas auoir honte,
Vilaine, garce pour vn liard,
Hé! qui voudroit ton nez camard?
Haga donc la belle Madame,
Voyez, regardez cette infame,
Cette putain, ouy par ma foy,
Qui voudroit nous faire la loy.
   Moy la loy; louue, c'eſt toy-meſme,
Tu l'as bien faite ce Careſme
La loy, quand t'auois entrepris
De vendre les fille à bas prix,
Tu penſais m'auoir atrapée
Gaignant vne piece tapée,
Mais ie vis ta méchanceté
Vielle carcaſſe, dos föuetté,
Jmpudente double vilaine,
T'auois lors la pance bien plaine,
Teſtois foulle iuſqu'au gozier,
Et de bonnes verges d'ozier,

Eussent bien lors fait ton affaire,
Pour bien épouster ton derriere,
Race t'auois bien beu comme vn trou,
Tu grimaçais comme vn matou,
Vilaine tu m'auois venduë,
Mercy guyeu tu seras penduë,
Si tu ne vis encore vn mois,
Nous te verrons au coin d'vn bois,
Donner le föuet à la potence,
C'est là qu'il faudra que tu dance
Auec ton chien de corps tou nu
Bien mieux que lors que t'as trop bu;
La voulez vous voir Proserpine,
Regardez sa chienne de mine,
Considerez bien son musiau,
N'est-ce pas le vray cu d'vn viau,
Voyez cette vielle ranceuse
Qui veut encore estre amoureuse?
Il t'en faut hée des amoureux
Pour te lecher ton nez morueux,
Voyez vn peu la belle piece,
Découure seulement ta fesse,
Hée on verra ton cu galeux,
Sors donc, sors de dessus tes œufs,

Vien

Viens vn peu que ie t'accommode,
Ie te veux coiffer à la mode.
  Qui toy, quoy, tu me batteras?
Si ie fors d'icy tu verras
Comment ie cogneray ta boffe,
Je te bailleray fur landoffe,
Laide, camarde, nez puant,
Choüette, hibou, chat-huant,
Coureufe de nuit par la ruë,
Tu fçais fort bien que l'on t'a vüe,
Tu m'entends quand ie dy cela
Vilaine, croy moy, fors de là,
Si tu ne veux qu'on t'accommode,
Et qu'on ne t'eftrille à la mode,
Tu verras bien ce que ie fçais,
Et de quelle façon ie fais.
  Alons laiffons ces harangeufes,
Voyons ces autres reuandeufes,
En paffant de l'autre cofté,
Nous verrons quelque nouueauté,
A prochez vous Dame Nicole
Dit l'vne voyez vne Sole,
De grands brochetz, de beaux barbeaux,
Des Anguilles & des Carpeaux,
                              L

Venez donc voicy de la tanche,
De la moruë toute blanche,
Des excelens macquereaux frais,
I'ay des grenouilles de Marais,
De belle carpe toute fresche,
On la vient sortir de la pesche,
Ca venez donc venez prenez,
Escoutez Madame tenez,
Si vous voulez de la lamproye,
I'ay la plus belle que se voye.
Icy vous pouuez achetter
Sans vous amuser a trotter
Ma marchandise vaut vne autre.

　　Ca ne prenés vous rien du nostre,
Dit vne marchande de Ris,
Venés voir i'ay de beaux poix gris,
I'en ay de vers pour le Caresme
Qui font aussy doux que la cresme,
Si vous en voulez au cu noir
I'ay les plus beaux qu'on puisse voir;
Prenez en, soyez assurée
Qu'ils font dexcelente purée,
Ils cuisent de la premiere eau,
C'est bien quelque chose de beau,

Ils sont venuz de la Rochelle,
Achettez en dame Michelle,
Sur mon ame ils sont merueilleux,
Choisissez en de tous les deux;
Voyez cette Febue marine,
Regardez quelle a bonne mine,
Mais encore a telle meilleur ieu
Ne la faut que montre au feu
Vous la verrez toute en bouillie.
Entrez vn peu peur de la pluye
Vous mouillez vostre cotillon;
La prenez vn eschantillon
De cette belle marchandise;
Demandez a dame Denise
La seruante du gros Flamant
S'ils ne cuisent pas promptement.
   Hé! bien ç'a donc dame Christine,
A longez vn peu vostre eschine,
Et me faites voir ces beaux pois,
Il m'en faudra de tous les trois,
Aussi de petitte Fevrolle,
Il faut qu'elle soit vn peu molle,
Car l'autre jour le Medecin,
En regardant dans le bassin

Du petit, qui fuſt a la ſelle
Reconnuſt bien que la mamelle
De la nouriſſe nalloit pas ;
Il ordonna qu'a ſes repas,
On en feroit de la purée,
Diſant comme choſe auerée
Que la feurolle aſſurement
Fait venir le lait doublement ;
C'eſt pourtant choſe bien certaine
Que la purée en eſt vilaine,
Mais nimporte ça ça donnez,
Alons donc depechez venez,
Par ce qu'il faut que ie m'en aille ;
Prenez contre cette muraille,
Et puis deſcendez promptement,
Car faut que ie ſois viſtement,
Au logis ou Monſieur le Maiſtre
Eſt deſia deuant moy, peut eſtre,
Il reuient tous le Samedis
Auant quatre heures au logis.

   Vertu chou Madame Michelle
Me faut montre ſur vne eſchelle,
Ie ny vas pas ſi rudement,
Faut aller vn peu doucement,

Si ie tumbois a la renuerſe?
Voulez vous que ie me bouluerſe
Et que ie me rompe le cou,
Comme vn nauet, ou comme vn chou,
   Ho ho vramant dame Chriſtine
Vous eſtes vn peu bien mutine,
Si vous traittez le monde ainſi,
Ie penſe bien que (Dieu mercy)
Vous pouuez fermer la boutique.
Quoy la moindre choſe vous pique?
Tout autre part on ne voit point
De marchande prompte a point,
Ha ha pour vne reuandeuſe
Vous faittes trop la daidaigneuſe.
A dieu à dieu gardez vos poix,
Vos febues & toutes vos noix,
Ie ne veux pas qu'on me barguigne,
N'y qu'vne femme me rechine,
Alors que ie viens achetter;
Vous ne faittes que marmotter.
   Tredame Madame Michelle
Vous faites bien la Damoiſelle,
Hé la la ie nous connoiſſons,
Il ne faut point tant de façons

Il semble a voir a vous entendre
Que vous vouliez icy mapprendre
Comme il faut faire mon Mestier;
Allez vous en au sauetier
Faire des contes de la sorte;
Alons sortez gaignez la porte;
Autrement ie vous chasseray,
Peut estre ie vous frotteray

   Toy me frotter dame Christine ?
Par ma foy t'en as bien la mine ;
Tu me battera ? Peste la geuse
Voyez cette double cagneuse,
Cette marchande de trois poix,
Auec son escuelle de bois,
Comme elle fait de l'entenduë,
Semble qu'on ne layt iamais veuë ;
Helas que l'on te connoist bien,
Ie sçay beaucoup & ne dy rien.

   Tu ne dy rien, hé boutte boutte,
Voila le monde qui t'escoutte.
Ne fins point parle seulement,
Alons donc boutte hardiment,
Degoise, chante ton ramage,
Comme un Perroquet dans sa cage,

Tu sçay beaucoup; hèe que scays-tu
Michelle? auec ton nez pointu,
Parle donc, dis que veux-dire,
Quoy tu viens icy pour médire
De moy, iusques à mon logis,
Qu'est ce que i'ay fait? parle, dis?
Suis je garce? suis-ie carogne?
Ay-ie la teigne? ay-ie la rogne?
Ay-ie la galle ou le farcin?
Suis-ie macquerelle ou putain?
Ou si ie suis quelqu'autre chose,
Allons, dis le donc si tu l'oze?
 Si ie l'oze? ouy ie l'oze bien;
T'es vne qui ne valust rien.
Estant fille comme estant femme.
 Marcy-guieu hée belle Madame
Je ne vaux rien? t'en as menty.
Ieanne appelle moy l'aprenty
Qu'il frotte vn peu cette carogne;
Jarny qu'il faut que ie te cogne,
Quoy iusques dedans ma maison
Tu veux faire comparaison?
Dans ma boutique tu marcelle,
Tu me viens faire vne querelle,

Cuisiniers de trois deniers,
Compagne de palefreniers,
Torchon de pot, frotte-marmitte;
Tu faisois tant la chatte-mitte;
Et le Diable ne dist iamais
Des injures comme tu fais.

Ouy d'a j'en dis, si j'en veux dire,
Quoy, tu pense me contredire?
Encor que tu sois sur ton ban,
Ie querellerois tout vn an,
Toy, ta mere & toute ta race;
Mais si j'estois dedans la place
Ie parlerois bien autrement,
Ie chanterois tout hautement
De ta vie vne Kyrielle.
Si tu n'estois point sur ta selle,
Et que tu fusse la dehors
Ie te frotterois bien le corps,
Mais ie m'en vays, vn iour j'espere,
Et peut-estre auant qu'il soit guere,
Par ma foy tu le payeras,
Hé bien bien, la la tu verras?

Ie verray, quoy que veux tu dire?
Hala i'en ons bien veu de pire,

Qui ne me font pas mal au cœur,
Et si ie n'en auons pas peur,
Vraman vraman i'en ons dans l'aisle,
I'auons peur de Dame Michelle,
Au guieble zo si jan aurons;
Et bien bien, la la, ie varons,
Je ne craignons pas les saruantes;
J'an ont bien veu de pu méchantes.

Hé bien as-tu pris du plaisir
De les entendre discourir?
Les seruantes de ton village
Ont-elles vn si beau langage?

Allons nous en, il se fait tart,
Ie te veux mener autre-part,
Vers la ruë de la Huchette;
Mais prens bien garde à ta pochette,
Autrement l'on tatrapera,
Et sans doute on te dupera,
Car en ce lieu là c'est la source
D'où sort tous les coupeurs de bource.

Viens donc par icy, viens, suy mòy,
Mais sur tout prens bien garde à toy.
Toutefois allons vers la Greve,
Car ie voy le iour qui s'acheue;

M

Aussi bien est ce ton quartier.
N'est-ce pas proche vn paticier,
Au bout de de la Coutellerie,
Tout deuant vne hostellerie,
Attenant vn horologer,
Que ton pere t'a fait loger ?
Parbleu ie croy que tu deuine,
Ie suis auec ma cousine
Dans cette maison iustement.
   Ho bien bien, allons vittement,
Passons dedans la Lingerie,
Et puis dans la Ferronnerie,
Et de là nous nous en irons
Vers saint Jacques, & gaignerons
Vn carrefour, où l'on rencontre
Iustement deuant soy la montre;
Nous verrons la quelle heure il est,
Ie sçay que pour ton interest,
Il faut que tu sois de bonne-heure,
Dans la maison où tu demeure.
   Sà marche gaigne le deuant,
Mais ie voudrois auparauant
Passer aux Recommandaresses,
Tu verrois là bien des souplesses;

Et d'excellents tours qui s'y font,
Lors que les seruantes y sont .
　Ha, mon Dieu, voylà du vacarme,
Ie voy tout le monde en allarme,
Morbleu nous sommes attrapez,
Où diable sommes nous campez,
C'est vn prisonnier que l'on menne;
Iarny nous voicy bien en peine.
Ha teste bille ou somme nous,
Tachons à gaigner la dessous;
Mais quel moyen voicy la presse?
Nous n'aurons ma foy pas l'adresse?
De nous tirer iamais d'icy;
La male bosse le voicy,
Regarde comme on le saboulle
Au beau milieu de cette soulle.
　Diable c'est vn homme bien fait.
Demande vn peu ce qu'il a fait.
Toutefois non, i'y vay moy-mesme,
Et j'vseray de stratagesme
Pour en sçauoir la verité,
Car ie voy le monde irité.
Il est vray que cette canaille
Ne fist iamais chose qui vaille;

Deux hommes en amaſſent ſix,
Et les ſix en font venir dix,
A dix on en voit venir trente,
A ces trente il en vient quarante,
En fin l'on voit en vn moment,
Qu'il ſe fait vn ſouleuement,
Sans que perſonne puiſſe dire,
Ce qu'il veut, ny ce qu'il deſire.
Il faut que ie ſçache pourtant
Pourquoy c'eſt qu'on le preſſe tant.

Monſieur, vn mot ie vous en prie,
Y a-t'il quelque batterie?
Ou menne-t'on ce priſonnier?

Ie ne ſçay, mais vn cordonnier
Qu'on nomme Maiſtre Dominique,
La veu paſſer de ſa boutique,
Et c'eſt mis à courre apres luy.
Lors ceſt homme la s'en eſt fuy,
Le Cordonnier dit qu'on le prenne,
Que l'on l'arreſte, & qu'on luy menne;
Au meſme temps des crocheteurs,
Et grand nombre de ſeruiteurs
Sont tous ſortis de chez leur Maiſtre
Auſſi toſt qu'ils ont veu paroiſtro,

Celuy-là que l'on pourſuiuoit,
Et qui fuyoit tant qu'il pouuoit ;
Mais pres la ruë Tire chappe
Vn Frippier a dit ie te happe,
Et la ſaiſi par le colet,
Luy preſentant vn piſtolet.
Alors on a veu la marmaille,
Se meſler parmy la canaille,
Que tient ce pauure priſonnier,
Et le traitte en vray ſaffranier.
Cependant le Cordonnier drille
Et va regaigner ſa famille,
Il confeſſe qu'il a grand tort,
Qu'il s'eſt mépris vn peu trop fort,
Et s'enfuit dedans l'autre ruë
En reconnoiſſant ſa beueuë,
Car il auouë ingenuement
Qu'il s'eſt trompé tres-lourdement ;
Et qu'il prenoit ce pauure diable,
Pour vn qu'il eſtimoit coulpable,
D'auoir debauché ſon valet,
Vn iour en joüant au palet.
Ce pendant ceſt homme ſe trouue
Dans vne troupe qui controuue

Cent mille maux qu'il n'a pas faits..

　Regarde bien, vis-tu iamais
De plus grande badauderie;
On voit tout le monde qui crie,
Et qui cour sans sçauoir pourquoy.
Alons, laissons cela suy moy,
Dépeschons, on ne voit plus goutte,
Il nous faut prendre vne autre routte.

　Ha teste-bleu, ie suis perdu,
Faut il auoir tant attendu
Pour estre traicté de la sorte?
Iarny bieu le Diable l'emporte,
Ce fis-de-putain de brutal,
Que tu vois-là sur ce cheual,
A remply mon habit de bouë;
Mal-peste, ie te l'auouë;
Ie suis touché sensiblement,
Voylà tout mon habillement
Perdu sans aucune resource.

　A Dieu ie m'en vay d'vne tourse
A mon logis, pour me changer;
Va-t'en, tu n'as point de danger.
Mordy, mes canons, mes manchettes,
Mes galans & mes esguillettes;

Ie fuis gafté iufqu'au colet.
Le fis-de-putain de valet;
Ce coquin-là, dans vne ruë
Piquer vne befte qui ruë,
C'eft bien pure méchanceté.
Iarny-goy que de falleté.

    Hó bien Adieu, car ie te quitte,
Dans vn autre iour ie t'inuite
A voir le refte de Paris;
Ce pendant, chante, dance & ris.

FIN.

Extraict du Priuilege du Roy.

PAR grace & Priuilege du Roy, il eſt permis au ſieur BERTHOD de faire imprimer, vendre & debiter vn Liure intitulé PARIS BVRLESQVE, auec deffences à tous Libraires, Imprimeurs, de quelle qualité & condition qu'ils ſoient de le contre-faire, n'y d'en vendre de contrefaits pendât l'eſpace de cinq ans ſans le conſentement de l'expoſant, ou de ceux qui auront droit de luy, ſouz peine de mil liures d'amande aux contreuenans, confiſcation des exemplaires, & de tous deſpens, dommages & intereſts, ainſi qu'il eſt porté plus au long à la Lettre de Priuilege. Dôné à Paris le 5. d'Aouſt 1650.

Et ledit ſieur BERTHOD a cedé ſondit Priuilege à Iean Baptiſte Loyſon Marchand Libraire, & à la veuſue Guillaume Loyſon, ainſi qu'il eſt porté par l'accord fait entre eux.

www.ingramcontent.com/pod-product-compliance
Lightning Source LLC
Chambersburg PA
CBHW071123260626
47162CB00006B/2436